阿迪契作品
Chimamanda Ngozi Adichie

亲爱的安吉维拉

或一份包含15条建议的女性主义宣言

Dear Ijeawele
or A Feminist Manifesto
in Fifteen Suggestions

[尼日利亚] 奇玛曼达·恩戈兹·阿迪契 —— 著

陶立夏 —— 译

译林出版社

献给乌朱 埃格努

和妹妹奥格楚克武·艾克梅鲁。

爱你们。

前言

数年前,已成长得聪慧、坚强、善良的儿时好友问我,怎样才能将她的小女儿养育成一个女性主义者。我最初的想法是,我不知道。

感觉这是过于庞大的任务。

但我曾公开谈论女性主义,或许这让她认为我是该议题的专家。这些年来我也曾帮助照料过很多至亲好友的幼儿;我曾当过保姆并帮忙抚养了侄子和侄女们;我曾有过诸多观察与聆听,思考得则更多。

为回复朋友的问题,我决定给她写信,一封我希望是真诚而实用的信,它同样也能充作我女性主义思想的地图。本书是该信修改了若干细节的版本。

如今,我自己也成为了一个可爱女孩的母亲。我意识到,当你不用面对育儿极其复杂的现实状况时,派送育儿建议是多么轻易的事。

不过,我依旧认为坦诚地探讨改变育儿方式、为女性和男性创造一个更公平的世界,是道德层面的迫切需求。

我的朋友给我回了信,说她会"尝试"遵循我的建议。

作为母亲重读这封信时,我也确定了要尝试的决心。

亲爱的安吉维拉：

开心极了！多可爱的名字啊：奇萨兰·爱朵拉。她真美。才出生一天就已对这个世界充满好奇。你的信让我流泪，你知道我有时情绪化起来会傻兮兮的。你该知道，对你的主张——如何将她养育成一个女性主义者——我是很严肃对待的。我也明白你说的"并不总是知道身为女性主义者该如何应对某些状况"是什么意思。对我来说，女性主义总是与语境相关。我没有一成不变的规则；最接近成文的规则是我的两个"女性主义工具"，我想将它们作为出发点与你分享。

首先是你的前提，作为基准点存在的坚定不移的信念。你的前提是什么？你的女性主义前提应该是：我是重要的。我同等重要。没有"除非"。没有"假如"。我同等重要。句号。

第二个工具是句提问：能在交换性别角色后获得相同的结论吗？

举例来说：很多人认为面对丈夫的不忠，女性主义式的应对是走人。但我觉得留下也可以是一种女性主义式的选择，这要看情况。如果楚迪和别的女人上床而你原谅他，那你和别的男人上床的话情况是否会一样？如果你的回答是"会"，那你选择原谅也是女性主义式的选择，因为这件事没有受到性别不平等的影响。悲哀的是，在绝大多数现实的婚姻关系里，对这个问题的回答通常是否定的，理由也是因为性别——那个荒唐可笑的观点：男人嘛，就是这样。

关于如何养育奇萨兰我有一些建议。但你要记得，就算你遵循了我所有的建议，她仍可能成为与你预期不同的人，因为有时生活自有其安排。重要的是你付出过努力。在一切之上，要永远相信你的直觉，因为你对孩子的爱将引领你前行。

以下是我的建议。

1

成为一个全面的人。
为人母是件无比荣耀的礼物，
但不要只用母亲的身份定义
自己。

建议一：成为一个全面的人。为人母是件无比荣耀的礼物，但不要只用母亲的身份定义自己。做一个全面的人。你的孩子将因此受益。美国新闻界的先锋人物马琳·桑德斯曾对一个年轻的新闻工作者说："千万不要因为忙于工作而道歉。你热爱自己做的事，而热爱是你能给予孩子的伟大的礼物。"

你甚至不必爱你的工作；你可以只爱那些职业带给你的东西——工作和收入带来的自信和自

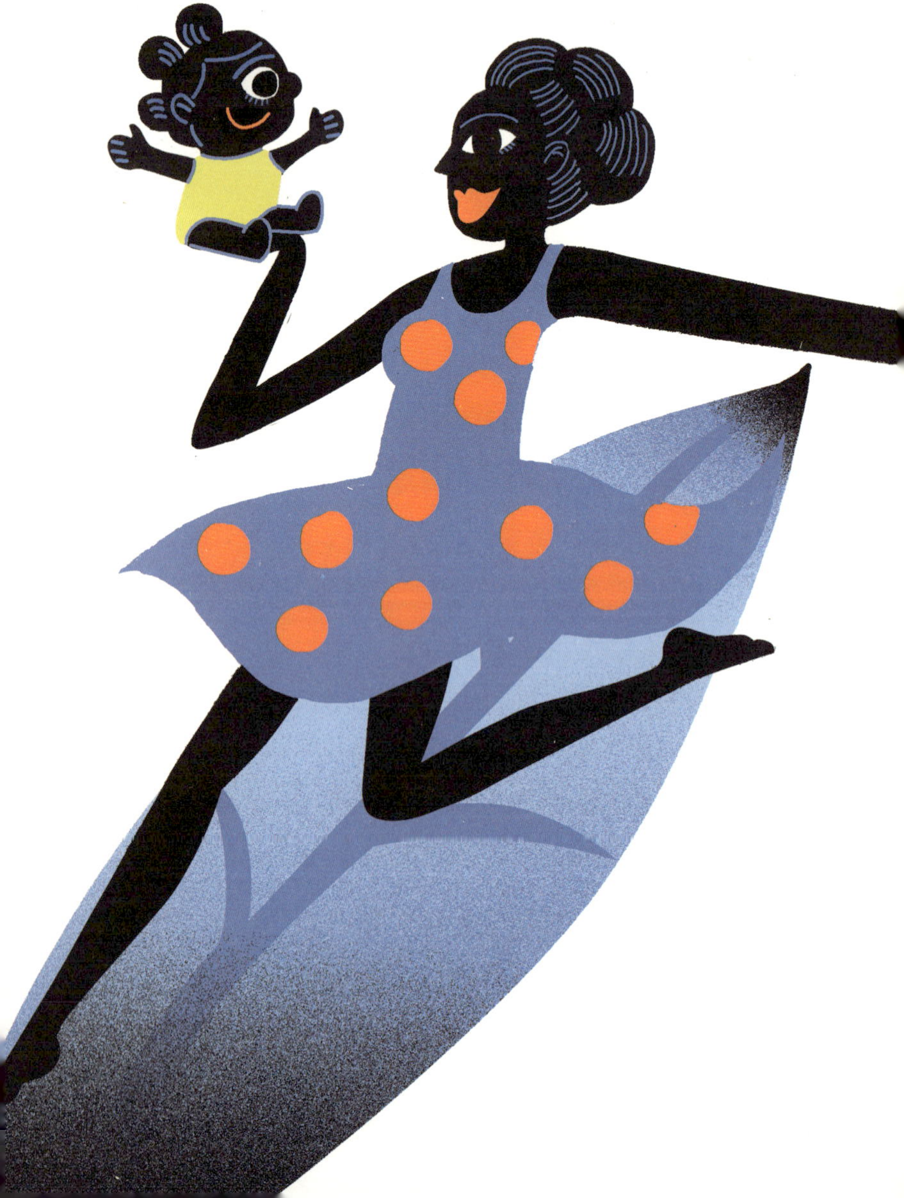

我满足。不要理睬那种认为做母亲和工作两者会互相排斥的观念。在我们的成长过程中，即使我们的妈妈从事全职工作，我们也成长得很好——起码你是如此，陪审团对我尚未做出裁决。

你的嫂子说你该做个"传统"的母亲并待在家里，因为楚迪可以承担没有双份收入的家庭的经济压力，这并不令我惊讶。人们会选择性地使用"传统"这个词来为一切正名。告诉她，双收人家庭才是真正的伊博族[1]传统，因为在尼日利亚被英国殖民之前，母亲们也务农经商。请你随即将她的话忘在脑后：还有更重要的事要考虑。

作为新手妈妈的未来几个星期里，善待自己。寻求帮助，也应该得到帮助。不存在"超级女性"这种生物。为人父母是熟能生巧的事——这事还关乎爱。（我真心希望"为人父母"尚未演变为一个动词，我觉得这正是中产阶级的"为人父母"变成一场无尽而焦虑的悔恨之旅这一现象出现的根源。）

给自己失败的余地。一个新手妈妈未必知道如何安抚一个哭泣的婴儿。不要假设自己了解

---

[1] 伊博族（Igbo），主要分布在尼日利亚中南和东南部。持万物有灵信仰，部分信奉基督新教。

一切。查询互联网上的讯息，阅读，向年长的父母请教，或者自己不断摸索。让你的焦点集中在保持自身的完整这件事上。慢慢来，照顾自己的需要。

请不要认为育儿是"一人独揽"的事。我们的文化歌颂能够"一人独揽"的女人，但并不追问这种赞美的前提是什么。我对关于女人能否"一人独揽"的争论毫无兴趣，因为这场争论将育儿和家务设定为女性专属的领域，这是我强烈反对的观念。家务与育儿应该是中性的，我们该问的不是女性能否"一人独揽"，而是应该如何最好地支持父母双方在工作与家务中共同尽到责任。

2

共同协作。
请你拒绝"帮忙"这种说法。

建议二：

共同协作。记得在小学里我们学过动词是代表动作的词吗？那么，做父亲就是和做母亲相似的动词。楚迪应该做生物学允许的一切——也就是哺乳之外的所有事。有时，母亲们太习惯于全能独揽，会成为剥夺父亲角色的同谋。你可能会觉得楚迪无法完全按你希望的方式给孩子洗澡，他给孩子擦屁股不能像你一样完美。但又如何呢？最糟糕的情况会是怎样？她不会丧命于自己的父亲之手。所以转移注意力,克制你的完美主义,平复你忧国忧民的责任感。和他平等地分担育儿工作。"平等"当然取决于你们两人。

请你拒绝"帮忙"这种说法。楚迪照顾他的孩子不是在帮助你,他是在做他应该做的事。每当我们说父亲们在"帮忙"时,我们就是在暗示育儿是母亲的领域,而父亲们是英勇地冒险参与了进来。并非如此。你能想象吗,如果他们的父亲曾积极融入他们的童年时光,今天有多少人会更幸福、更稳定,成为对世界更有贡献的人?也永远别说楚迪是在"当保姆"——对于当保姆的人来说,孩子并不是首要责任。

楚迪并不需要获得特别的感激或赞扬,你也一样——你们共同做出决定要将一个孩子带到人世，对这个孩子的责任由你们两人平分。如果你是单身母亲，无论是被动还是主动，情况都会不一样，因为"共同协作"的选项不复存在。但你不应该成为"单身母亲"，除非你真的是单身。

3

教育她"性别角色"是彻底的胡扯。"因为你是女孩"从来不是任何事的理由。

建议三：教育她"性别角色"是彻底的胡扯。绝对不要让她有"因为你是女孩"所以该做什么或不该做什么的观念。

"因为你是女孩"从来不是任何事的理由。从来不是。

我记得小时候被吩咐要"在扫地时好好地弯腰，像个女生的样子"，这意味着扫地这动作事关女性身份。我情愿只是被教导说"弯下腰好好扫地，这样你就能把地板扫得更干净"。我还希望我的兄弟们也得到同样的教导。

近日，尼日利亚的公众媒体在争论女人和烹饪的话题，关于妻子该如何为丈夫做饭。这很滑稽，这种方式让悲哀的事情变得滑稽，2016年了，我们还在把做饭这事当作某种检验女性"婚姻生活能力"的测试来讨论。

烹饪知识不是阴道附带的预装功能。烹饪是要学习的。烹饪——以及所有家务活——按理来说是男女都该学习的生活技能，它也是一项会让男女都犯愁的技能。

我们也应该质疑婚姻是对女性的一种奖赏这一说法，因为它是这些荒谬辩论的根基。如果我们不再要求女性将婚姻视作奖赏，就会减少妻子需要通过做饭获取此项奖赏的讨论。

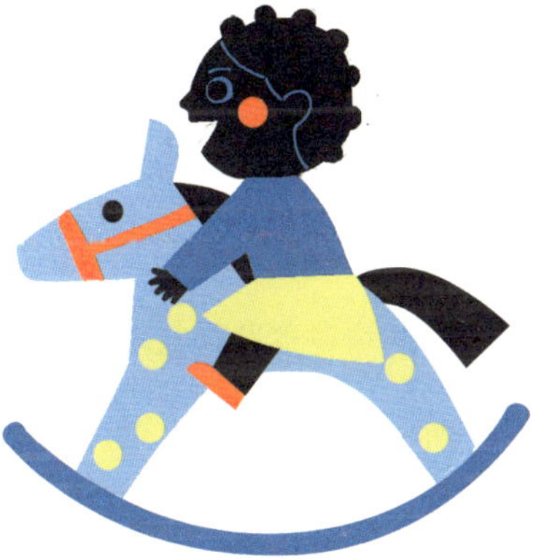

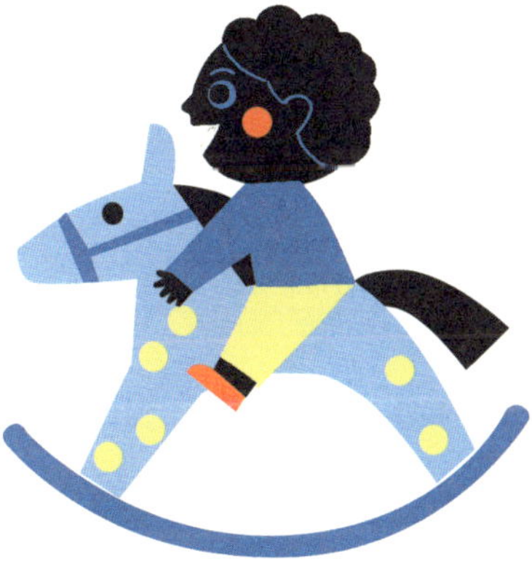

我很好奇这个世界是从多久前开始发明性别角色概念的。昨天我去儿童用品商店为奇萨兰买衣服。女孩区是极为壮观的各种浅粉色系，我不喜欢。男孩区有活力四射的蓝色系衣服。因为我觉得蓝色衣物衬她的棕色皮肤会很可爱——拍照片也会更美——所以我买了件蓝色的。在结账柜台，收银员说我买的衣服是送给新生男孩的完美礼物。我说这是给女宝宝买的。她看起来满脸惊恐："女孩穿蓝色？"

我不禁猜想是哪个聪明的营销人员发明了这种"粉—蓝"二元体系。还有一个"中性"区域，摆放着毫无血色的灰色系衣服。"中性"的说法很傻，因为它的前提是男性属蓝、女性属粉，而中性自立门派这个概念。为什么不把婴儿服装就按年龄分类并以各种颜色陈列？说到底，男婴与女婴的身体差不多。

我看了玩具区，也是按性别分类。给男孩的玩具一般很活泼，需要一些"主观能动"的参与，比如火车和汽车；而给女孩的玩具基本上很"被动"，而且玩偶占了其中的绝大多数。我震惊于我们的文化这么早就开始灌输男孩该做什么与女孩该做什么的概念。

我有没有告诉过你我和一个七岁的尼日利亚女孩以及她母亲去美国商场的事？她看到一架玩具直升机，那种可以用无线遥控器操控飞行的玩具，她为之着迷并要求母亲为她买一个。"不行。"她母亲说，"你有洋娃娃了。"她反问："妈咪，我只能和洋娃娃玩吗？"

我永远不会忘记这件事。显然，她母亲的本意是好的。她严格遵守性别角色的设定——女孩玩娃娃而男生玩玩具车。现在我会带着怅然的心情猜想，假如那个小女孩有机会研究那架直升机，她会不会已经成为一位不断革新的工程师。

如果我们不给年幼的孩子穿上性别角色的紧身衣，我们就给了他们空间发挥他们的全部潜能。请将奇萨兰当作独立的个体，而不是一个该走既定路线的女孩。将她的弱点与优势当成她自己的特点。不要用作为一个女生该如何表现的标准来衡量她，成为最优秀的自己就是她的衡量标准。

一位年轻女性曾告诉我说她有几年的言行举止"像个男孩"——她喜欢足球而且觉得穿裙装无趣——直到她母亲强迫她停止"男孩式"的兴

趣爱好,如今她很感激母亲帮助自己开始表现得像个女孩。这故事让我伤感。我不知道她的哪一部分自我需要被噤声与扼制,我也不知道她的灵魂哪里迷失了,因为她所谓的举止"像个男孩"不过是像她自己罢了。

我遇见的另一位女性告诉我,当她带着一岁的儿子去参加那种由母亲与孩子组成的团体游乐会时,她留意到女宝宝的母亲们都很保守,不停告诉女宝宝们"不能碰"或是"不能这么做,乖一点"。她还留意到男宝宝们会被鼓励探索更多,不会受到同样多的管束,也几乎从不被要求要"乖一点"。她认为父母们无意识中很早就开始教育女孩该怎么做,女宝宝们的规矩更多而空间更少,男宝宝们则空间更多而规矩更少。

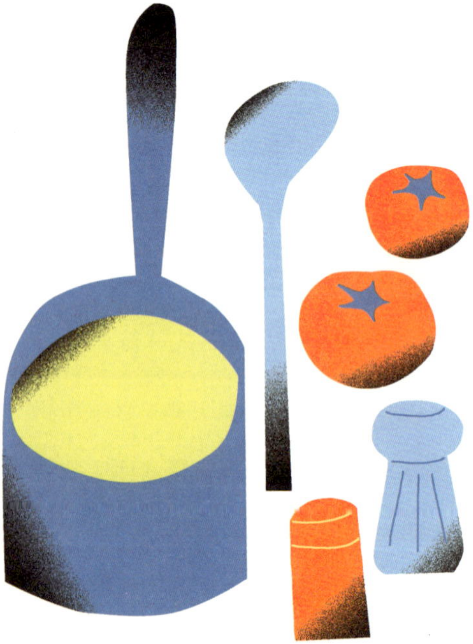

性别角色的影响是如此根深蒂固，以至于在它们粗暴地违背我们真正的渴望、需求和幸福时，我们也常常会屈从。它们很难被抛诸脑后，所以试着确保让奇萨兰在一开始就拒绝接受这种观点是很重要的。教会她独立自主，而不是扮演某种性别角色；告诉她能够自我奋斗并照顾自己很重要；教导她要尝试去修理破损的物品。我们很草率地认定很多事情是女孩无法做到的，让她去尝试。给她买积木和火车之类的玩具，如果你喜欢，也可以买洋娃娃。

4

要留心我称之为
"伪女性主义"的危害。

建议四：要留心我称之为"伪女性主义"的危害。它认为女性平等是有条件的。要全然否定它。它是空洞、仅有安慰作用且毫无实际价值的观念。做一名女性主义者就和怀孕一样，你要么是，要么不是。你要么坚信女性有彻底的平等，要么不信。

这是几个伪女性主义的例子：

女性可以有抱负，但不能太有抱负。女

性可以获得成功但她也要操持家务并为她的丈夫做饭。女性可以拥有自己的身份但她不该忘记自己真正的角色是贤内助。女性当然可以有工作但男性依旧是一家之主。

伪女性主义爱用空洞的比喻,比如"他是脑袋而你是脖子",或是"他来开车但你也坐在前排"。伪女性主义中更令人不快的观点是,男性生来就更为优越但理应"善待女性"。不,不,不。女性福祉的基础远不仅仅是男性的乐善好施。

伪女性主义使用"允许"这样的词语。特蕾莎·梅是英国首相,开明的英国媒体是这样形容她丈夫的:"大家都知道菲利浦·梅是一个在政局中居于幕后的男人,他允许自己的妻子特蕾莎大放光芒。"

允许。

让我们颠倒一下。特蕾莎·梅允许她的丈夫大放光芒。这合乎情理吗?假如菲利浦·梅是首相,我们或许会听说他的妻子在背后"支持"他,或是她居于"幕后",但我们永远不会听到她"允许"他大放光芒的说法。

"允许"是个令人不快的词。允许事关权力。伪女性主义社团的成员经常会说:"让女人放手去做她们想做的事,只要她们的丈夫允许。"

丈夫不是校长,妻子也不是学生。当"允许"和"被允许"被单向使用时(这几乎是唯一的使用方式),它们从来不该在平等的婚姻关系中出现。

伪女性主义的另一个糟糕至极的例子是:男

人说"家务当然不是永远由妻子来做。我妻子出门旅行时我做家务"。

你还记得几年前我们一遍又一遍地嘲笑那篇措辞粗暴的关于我的文章吗?作者——一个多方面都很渺小的男人——指责我"发怒"了,好像"发怒"是件该感到羞耻的事。我当然很愤怒。种族歧视让我愤怒,性别歧视也让我愤怒;但性别歧视比种族歧视更让我愤怒。因为我身边的很多人能轻易地意识到种族歧视,却觉察不到性别歧视。

我说不清我在意的人们——有男性也有女性——多么频繁地希望我能就性别歧视展开辩论,去"证明"它的存在,似乎,人们对证明种族歧视存在的期望从未如此迫切(显然,在更广阔的世界里,太多人依旧想要证明种族歧视的存在,但在我亲近的社交圈中没有)。

比如伊肯加就曾说过:"尽管大家都认为我父亲是一家之主,其实真正在幕后执掌大权的是我母亲。"他以为自己在对抗性别歧视,但他正好成了我的例证。为什么要"在幕后"？如果女性拥有权力,那我们为什么要掩盖她拥有权力的事实呢？

但悲哀的事实是——这个世界满是不喜欢女性拥有权力的男男女女。我们惯性地将权力认作是男性的,强大的女性是反常的,于是她要承受各种检视。我们对强大的女性会有各种苛求——她谦虚吗？她会微笑吗？她是否知恩图报？她有居家的一面吗？我们评判强大的女性的标准是要比评判男性的苛刻得多的。

5

教导奇萨兰阅读,
教导她喜爱书籍。

建议五：教导奇萨兰阅读，教导她喜爱书籍。最好的方式是潜移默化。如果她看见你阅读，她会明白阅读是有价值的；如果她不去上学，只是读书，她会以某种有争议的方式比接受传统教育的孩子更博学。书籍会帮助她理解并质疑这个世界，帮助她自我表达，帮助她成为任何她想成为的人——厨师、科学家、歌手，所有职业都得益于阅读中获得的知识。我不是说教科书，我指的是和学校完全无关的书，如传记、小说和历史书。

如果所有方法都无效，付钱让她阅读，给她奖赏。我认识一个超厉害的尼日利亚女人，她在美国抚养孩子。她的孩子不喜欢读书，于是她决定，孩子每读一页书就给他（她）五美分。非常昂贵的努力，后来她开玩笑说，这是很值得的投资。

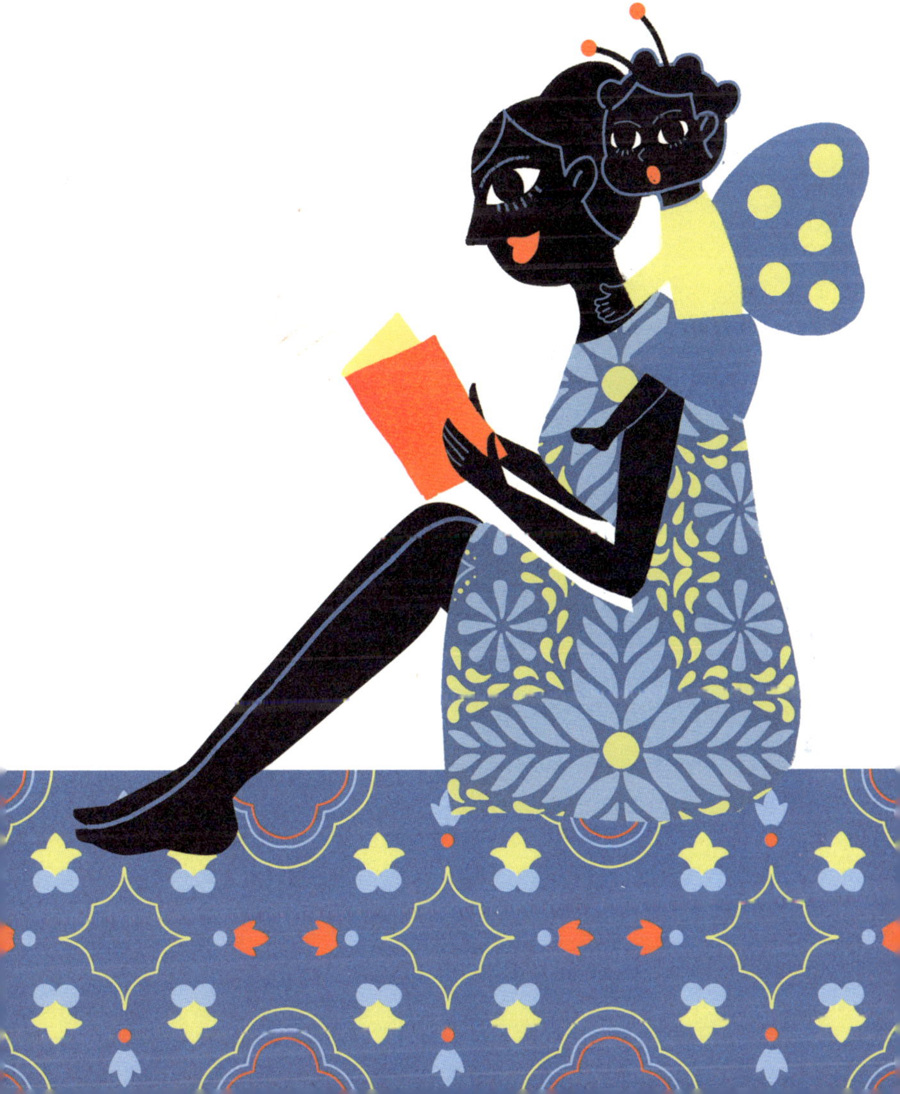

6

教导她质疑语言。
语言是我们的偏见、信仰和
臆想的温床。

建议六：教导她质疑语言。语言是我们的偏见、信仰和臆想的温床。但要教会她这一点，我们必须质疑自己的措辞。我有个朋友说她永远不会用"公主"称呼自己的女儿。人们用这个称呼时出于好意，但"公主"一词承载着各种预设，她是脆弱的，她在等待王子的拯救，诸如此类。这个朋友更喜欢用"天使"和"星星"这样的称呼。

所以你要决定什么话不对自己的孩子说。因

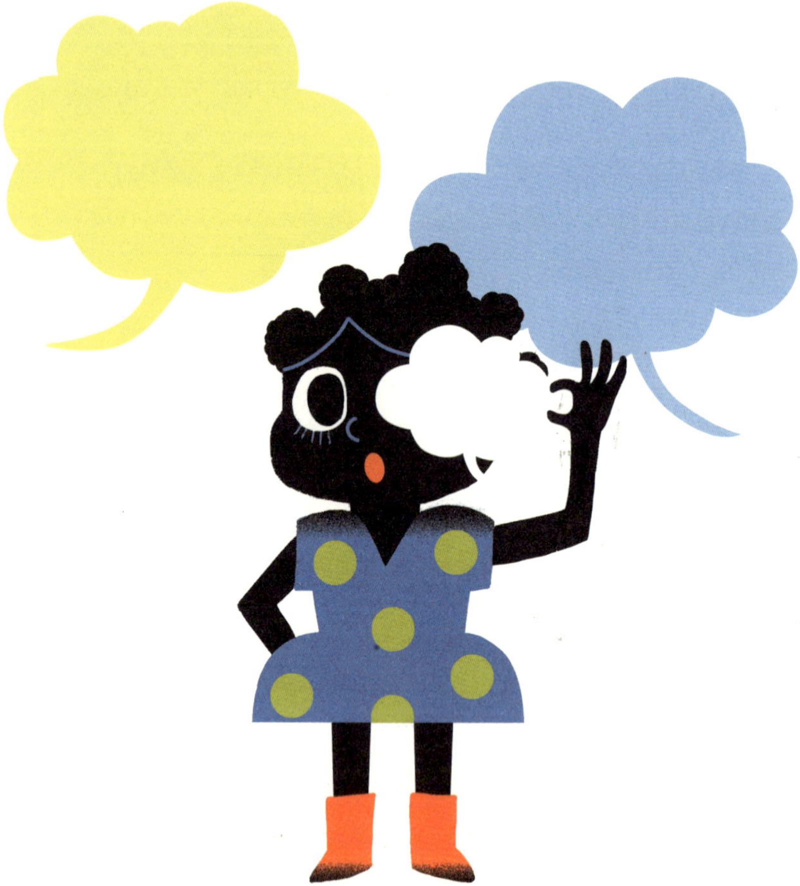

为你对孩子说的话很重要，它们教会她该看重些什么。你记得那个伊博族的笑话吗？用来戏弄淘气的女孩——"你在干吗？你不知道自己已经到了嫁人的年纪？"过去我常这么说。现在我决定不这么说。我会说"你到了找工作的年纪"，因为我不认为你该教你的小女孩对婚姻满怀憧憬。

我不再说"她为他生了孩子"，我会说"她和他生了孩子"。当我听到男人说"她怀着我的孩子"时会勃然大怒。"怀着我们的孩子"就听来更顺耳，也更正确。

试着不要对奇萨兰太频繁地使用"厌女症"和"父权制"这样的词语。有时我们女性主义者会太喜欢使用术语，而专业术语有时会听来太抽象。不要只是为某些事贴上厌女的标签，而是告诉她原因，并告诉她如何才能纠正。

使用范例。教导她如果有人因X批评女性但不因X批评男性，那说话者并不是对X不满，而是对女性不满。请用其他事物替代X：愤怒、喧哗、固执、冷漠、粗鲁。

教导她提出这样的问题：有什么事是女性因为她们的性别而无法做到的？这些事情是否具有一定的文化声望？如果是这样，为什么只允许男性做有文化声望的事？

从新闻中汲取范例。两个尼日利亚议员公开争吵。女议员称男议员杂种，男议员对女议员说他要强奸她。男议员是性别歧视者，因为他冒犯的并非作为个体的女议员，而是作为生理意义上的女性，这是物化他人的行为。他可以回骂她

"杂种"，或者"混蛋"，或者很多其他与她的女性生理特性无关的粗话。

记得我们在拉各斯看过的那则电视广告吗，里面有个男人做饭而他的太太为他鼓掌？真正的进步是，妻子并不为丈夫鼓掌而只是对食物本身做出评价——她可以赞赏食物也可以不赞赏，就像丈夫可以赞赏她做的食物也可以不赞赏。但这件事当中性别歧视的部分在于妻子是为丈夫屈尊进行烹饪这一举动鼓掌，赞赏的言下之意是烹饪一职生来属于女性。

记得拉各斯那位被称为"女机械师"的机械师吗？教导奇萨兰，那位女性是机械师而非"女机械师"。

向她指出这种情况有多离谱：一个男人撞了

你的车后，下车让你走人还要你以后开车时带上丈夫，因为他"没法和女人打交道"。

不要仅仅告诉她道理，要向她举例。因为专业术语可能太直白，也可能太隐晦，这两者都令人厌恶。

教导她质疑那些仅在女性与自己相关而不是作为独立平等的人时才会对她们心怀同情的男人。在谈论强奸的时候，有些男人总是会说"假如是我女儿或妻子或姐妹"之类的话，然而这些男人却不需要将犯罪案件中的男性受害者想象成自己的"兄弟或儿子"才能对他们产生同情。同时，教导她质疑女人是特别人群这个观点。美国国会发言人保罗·瑞安在对共和党总统候选人夸耀自己侵犯女性一事做出回应时说："女性可以夺冠登顶也可以被崇敬,但不该被物化。"

告诉奇萨兰其实女性并不一定要夺冠登顶和被崇敬,她们只是需要被当作平等的人对待。女性因为自己的性别而需要"夺冠登顶"和"被崇敬"这个观点本身就含有居高临下的言外之意。

7

千万不要将婚姻当作成就。婚姻或许幸福或许不幸,但它都不是一项成就。

建议七：千万不要将婚姻当作成就。找到方法让她明白婚姻既不是成就也不是某种她应该渴求的东西。婚姻或许幸福或许不幸，但它都不是一项成就。

我们认定女孩渴望婚姻而不会认为男孩有同样的渴望，所以一开始就存在着可怕的不平衡。女孩会长大成为对婚姻抱有执念的女人。男孩会长大成为对婚姻并无执念的男人。女人嫁给这样的男人，这关系生来就不对等，因为婚姻制度对其中一方来说比对另一方更重要。是否该思索,在如此多的婚姻关系中女性会牺牲更多,折损自己,是因为她们必须持续不断地维系不对等的交流?(这种不对等的后果之一是很不公正又很常见的现象:两个女人在大庭广众之下争夺同一个男人,而男人保持沉默。)

希拉里·克林顿有可能成为美国总统。她的推特账号上,第一个身份描述是"妻子"。[1]她的丈夫比尔·克林顿的第一个身份描述并不是"丈夫"。(因此我对极少数会把"丈夫"当作自己第一身份描述的男人心存非理性的尊敬。)

---

[1] 2018年4月28日,在美国笔会举办的"世界之声节"(PEN America World Voices Festival)上,应主办方邀请,阿迪契和希拉里·克林顿进行了一次对谈,阿迪契表达了对希拉里在其推特上身份描述次序的异议。此次对谈之后,希拉里改变了其推特上的个人描述,将第一个身份描述改为"2016年民主党候选人"。——编者注

我认为，这场思考不是关于希拉里·克林顿个人，而是关于我们置身的世界。这个世界依旧十分看重女性的婚姻状态与妻子身份，胜过其他角色。

1975年嫁给克林顿之后，希拉里保留了自己原来的姓氏，她的名字依然是希拉里·罗德姆。最终她开始将丈夫的姓"克林顿"放在名字中，过了一段时间后她因为政治压力去掉了"罗德姆"这个姓——因为她的丈夫会由于选民不满他的妻子保留自己的姓氏而失去他们的选票。美国选民显然是将倒退的婚姻取向强加在了女性身上。

你还记得当一个报社记者决定给我起新名字，用我先生的姓称呼我为"某太太"而我立即要求他永远别再这么做的时候，引发了多少争议吗？

我记得即便在我明确表示那不是我的名字后,仍有几个居心不良的尼日利亚评论者坚持用我丈夫的姓氏称呼我为"某太太"。顺便说一下,这样做的女人比男人多。女人中间悄然发酵的敌意尤为明显。我思考过这事,觉得或许是因为对她们中很多人来说,我的选择挑战了她们广受质疑的规范准则。甚至有几个朋友这样表示:你很成功,所以可以保留自己的姓氏。

这让我思索——为什么女性必须在事业上获得成功后才能为保留自己的姓氏找到正当理由?

事实上,我并不是因为获得了成功才保留自己的姓氏。如果我没有出书和拥有众多读者的好运,我依旧会保留自己的姓氏。我保留本姓是因为它是我的姓氏,我保留本姓是因为我喜欢自己的姓氏。

有人说——其实你的姓氏也与父权社会相关，因为它是你父亲的姓氏。确实如此。但道理很简单：不管它是来自我父亲还是来自月亮，都是我自出生时就拥有的，伴随我经历人生中许多里程碑时刻的是这个姓氏。我在一个雾蒙蒙的早晨第一天去幼儿园，当老师说"听见自己名字时要回答'到'，第一个，阿迪契！"时，我就是用它来应答的。

我喜欢它而且不会更改。更重要的是，每个女人应该有自己的选择。你觉得会有多少男人愿意因为结婚改变自己的名字？

至于称呼，我不喜欢"夫人"这个称呼，因为我觉得尼日利亚社会给它附加了太多价值。我观察到,男人与女人很多时候会大声而骄傲地谈及"夫人"这个称呼,似乎那些不是夫人的人们在某些事上落败了。夫人头衔可以是个选项,但像我们的文化这样为它灌注如此多的价值却令人不安。我们给予夫人头衔的价值意味着婚姻能改变女性的社会地位但不能改变男性的。(或许正是因为这个原因,很多女人抱怨已婚男人依旧"表现"得像单身男人一样?或许当我们的社会要求结婚的男人改变他们的姓氏,冠上一个和"某先生"不同的新头衔,他们的行为可能也会改变?哈!)但更为要紧的是,如果你,一位二十八岁的硕士,一夜之间从安吉维拉·乌德成了安吉维拉·欧耶凯勒·迪比,消耗的当然不仅仅是更改护照和各类执照所需的心力,这还是心灵上的转变,一次"蜕变"。如果男人也同样需要经历的话，这次"蜕变"就不会这么重要。

继续说称呼的事，我喜欢"女士"是因为它和先生类似。无论结婚与否，男人都是先生，无论结婚与否，女人都是女士。所以请教导奇萨兰，在一个真正公正的社会里，女人不需要做出因婚姻而起的、男人不需要做的改变。有个变通之法——每对结婚的夫妇都换上全新的姓氏，可以选择两人都喜欢的任何姓氏，于是婚礼后的某一天，丈夫与妻子可以手牵着手快快乐乐地去市政府更改护照、驾照、首字母签名、银行账号等等。

8

教导她不要把讨人喜欢这件事放在心上。
她要做的是成就完整的自我。

建议八：教导她不要把讨人喜欢这件事放在心上。让自己变得讨人喜欢不是她的职责，她要做的是成就完整的自我，真诚并尊重他人平等权利的自我。记得我曾告诉过你，当契奥玛经常告诉我"人们"不会"喜欢"我想说的话和要做的事时，我有很强的挫败感。这使我苦恼，因为从她那里我感受到了无声的压力，要我改变自我去迎合某些模板，只是为了取悦被称为"人们"的无形个体。这令人苦恼，因为我们希望亲近的人会鼓励我们成为最真实的自己。

请千万不要在你女儿身上施加这种压力。我们教导女孩要讨人喜欢、要乖巧、要适当伪装。我们并不这样教导男孩。这是危险的，因为很多性别掠食者会从中获利。很多女孩在遭受欺凌时保持沉默，因为她们不想惹事；很多女孩耗费太多时间试图对那些伤害自己的人保持友善；很多女孩要顾及那些伤害自己的人的"感受"。这是"好感度"带来的悲惨后果。在最近的一次强奸案审判中，被男人强奸的女人说她不想"引发冲突"。我们身处的这个世界全是无法敞开怀抱呼吸的女性，因为在如此漫长的时间里，她们被要求蜷缩成特定的形状来讨人喜欢。

所以不要教导奇萨兰要讨人喜爱，而是教导

她要正直、善良,以及勇敢。鼓励她表达自己的观点,说出她真正的想法,真实地表达。在她这么做的时候表扬她,尤其要在她为忠于自我而选择更艰难且不讨巧的立场时表扬她。当她友善对待他人时表扬她,但要让她知道她的善良绝不能被当作理所当然的事。告诉她别人也应该善待她。教导她要挺身保护自己的东西,如果别的孩子未经她同意拿走了她的玩具,告诉她去拿回来。告诉她如果有任何事令她不适,讲出来,要表达,要大声呼喊。

让她明白她无需被所有人喜欢。告诉她,如果有不喜欢她的人,就会有喜欢她的人;告诉她,她不只是被喜欢或被讨厌的客体,她还是可以去喜欢和讨厌的主体。在她的青少年时期,如果她回家后为某些不喜欢自己的男孩哭泣,让她明白她也可以选择不喜欢这些男孩。

这是《纽约时报》的一段摘录,说的是白宫

枪击案发生当晚一位身在现场的安保特工。

凯莉·约翰逊在前一晚听见弹片从杜鲁门的阳台掉落的声音,周六下午换岗点名时她听上司解释说枪击来自两部汽车内互相射击的人。周五晚上约翰逊向几位上司报告过她觉得白宫被袭击了,但周六她没有挑战上司的权威。后来她对调查人员说"害怕被指责"。

"害怕被指责"是想要讨人喜欢的后果之一。男性之所以不太会用它作理由,不过是因为在男性的成长过程中,"讨人喜欢"不太会被当成人生的主旨来教授。

9

让奇萨兰有身份认同感。教导她以非洲人与黑人移民的历史为荣。

建议九：让奇萨兰有身份认同感。这很重要。有意识地这么做。让"骄傲的伊博族女性"成为她长大成人之后自我认同的身份之一。你也必须有所取舍——教导她接受伊博族文化中美好的部分，拒绝不美好的部分。你可以在不同场景下用不同的方式告诉她："伊博族文化是可爱的，因为它尊重社区、共同意愿和勤劳，它的语言和谚语很美，充满伟大的智慧。但伊博族文化同样也教导女性因为她们身为女性而不能做某些事，这是错误的。伊博族文化同样有些过于物质主义,金钱是重要的——因为金钱意味着自力更生——但你不能根据一个人是否有钱来评判他的价值。"

也要同样注重向她展示非洲人和黑人不被磨灭的美好和坚忍。为什么?因为这个世界上活跃的势力,会让她在成长过程中看见白人的美丽、白人的能干,还有白人获得的成就,无论她置身于世界的何处,情况都是如此。这些会出现在她看的电视节目里,在她浸淫的文化中,在她阅读的书籍里。或许她还会在成长过程中看见很多负面的黑人和非洲人形象。

教导她以非洲人与黑人移民的历史为荣。找到历史上的黑人英雄和女英雄,他们确实存在。你不得不和她在学校学到的一些事情对抗——尼日利亚

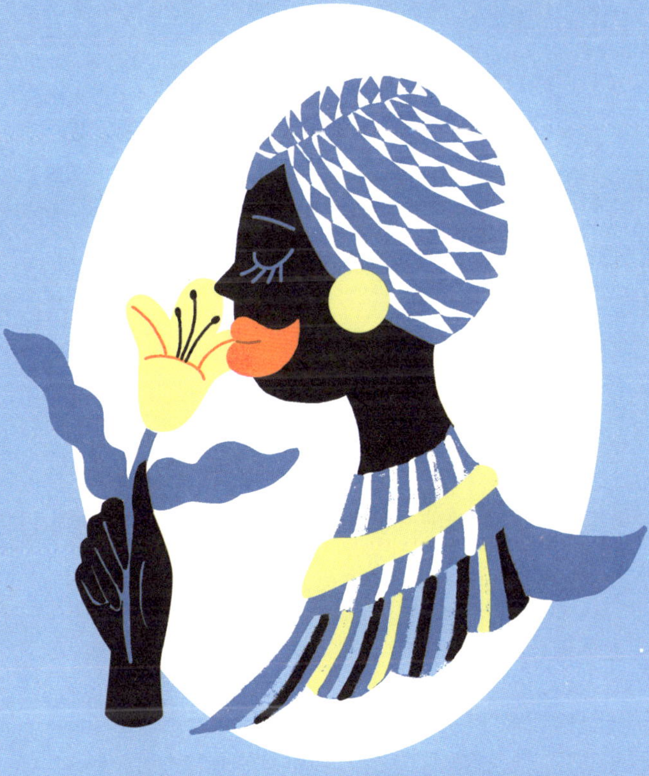

的学校课程并不十分鼓励教导孩子们学会骄傲——西方国家这方面做得很好，因为他们做得很巧妙，他们甚至可能会反对将其称为"骄傲教育"，但事实就是如此。所以她的老师们会很精彩地教授数学、科学、艺术和音乐，而你必须自己进行骄傲教育。

教会她什么是特权和不平等，以及尊重每一位对她没有恶意的人是多么重要——让她知道家务助理是和她一样的人，教导她永远都要主动和比她年长的司机和所有的家政助理们打招呼。将这些期望与她的身份关联起来——举个例子，对她说："在我们家，如果你是孩子，你要主动和比你年长的人打招呼，无论他们从事什么职业。"

为她起一个伊博语的昵称。在我成长的岁月中，我的阿姨格兰迪斯叫我 Ada Obodo Dike（"勇士之地的女儿")。我一直很爱这个名字。我居住的村庄Ezi-Abba以"勇士之地"著称，被称为"勇士之地的女儿"显然令我美得忘乎所以。

教她说伊博语。不要当作一个执行项目。如今太多说伊博语的父母把这事当成项目来做——他们因孩子说了半生不熟的句子而给予其奖励，一周一次送孩子去组织得零零散散的伊博语学校，而且从来不和孩子进行日常的伊博语对话。孩子们很聪明，他们能轻易嗅出你看重或不看重什么。参加一周一次的课程但又不希望他们真正在家说伊博语，明确向他们表示你对伊博语并不在意，这就不会奏效。

如果奇萨兰会说伊博语，这会帮助她更好地了解这个全球化的世界。而且研究一次次显示，会讲两种语言有诸多益处。

10

慎重对待与她交流以及谈论她外表的方式。
永远不要告诉她短裙是"不道德"的。

建议十：慎重对待与她交流以及谈论她外表的方式。

鼓励她参加体育活动，教导她要多运动。和她一起散步、游泳、跑步、打网球、踢足球，做各种运动。无论是哪种运动，我认为都很重要，不仅仅因为这将明显有益健康，还因为这会有助于改善这个世界强加给女孩们的外形焦虑。让奇萨兰知道多运动有很多好处。研究显示女孩们普遍会在青春期到来后停止体育运动，这并不令人

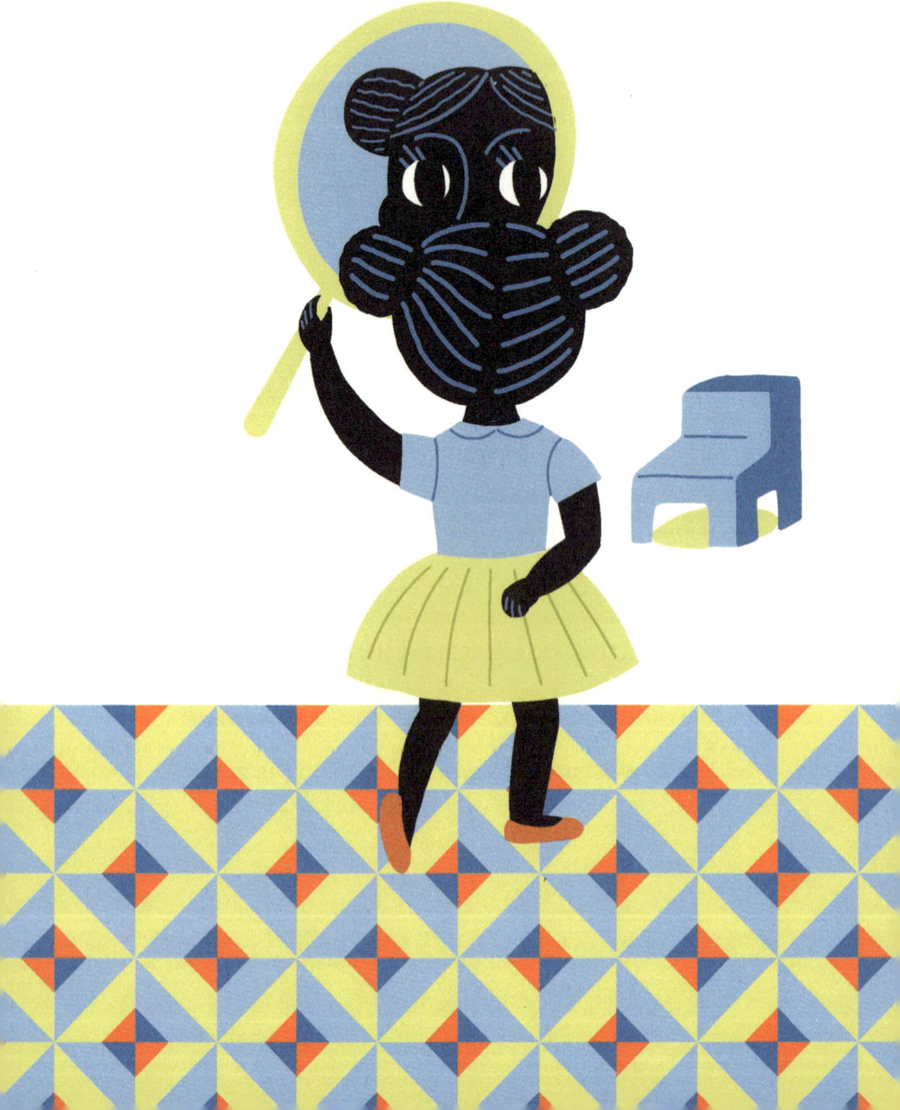

感到意外。胸部和自我意识会对运动有妨碍，努力不要让这个成为她的阻碍。

如果她喜欢化妆，就让她化；如果她喜欢时尚，就让她打扮。但如果她两样都不喜欢，也随她去。不要认为将她养育成女性主义者就意味着要强迫她排斥女性特质，女性主义和女性特质不是互相排斥的，认为两者不相容是厌女的说法。悲哀的是，女性变得会为追求那些传统中女性化的事物而羞愧，比如时尚和化妆。但我们的社会不会觉得男性应该为追求那些被普遍认为男性化的事物而羞愧——比如赛车或者一些专业的体育项目。同样，男性的仪容从来不会像女性仪容那样受到质疑——一个盛装的男人不需要担心，因为他穿戴精美，人们可能会对他的智慧、能力和认真做出特定的判断。

千万不要将她的外表和道德挂钩。永远不要告诉她短裙是"不道德的"。让穿衣打扮成为一件事关品位和吸引力的事,而非道德议题。如果你们两人为她想穿的衣服发生争执,千万不要说"你看起来像个妓女"这样的话,我知道你母亲曾这样对你说过。改说"那条裙子不如这条裙子更衬你",或者说它不够合身,或者说它看来不够迷人,或者干脆说它很难看,但永远不要和"道德"挂钩。因为衣服绝对和道德毫无关系。

试着不要让她的头发与痛苦联系起来。我想起自己小时候,在我浓密的长发被编起来时哭过多少回。我想起面前放着一盒聪明巧克力豆的场景,如果我坚持坐到头发弄完就会得到它当奖品。这事的意义何在?想象一下,如果我们没有浪费这么多童年和少年时代的星期六捯饬头发，我们会学到些什么？我们会以什么方式成长？男孩们在星期六都做些什么？

所以关于她的头发，我建议你重新定义何为"整洁"。头发会让这么多女孩痛苦的部分原因在于，成年人决意将"整洁"定义为"扎太紧"、"毁头皮"与"脑袋疼"。

我们必须停止这么做。我曾在尼日利亚的学校里见到女孩们因为她们的头发不够"整洁"而受到可怕的攻击，仅仅因为上天赐予她们的头发会在太阳穴边卷成美丽紧密的小圆球。让奇萨兰的头发不要受约束，让它成为你定义的整洁。如果需要，去学校和行政人员交涉。改变的发生需要有人去推动。同样，她的头发不需要"一直

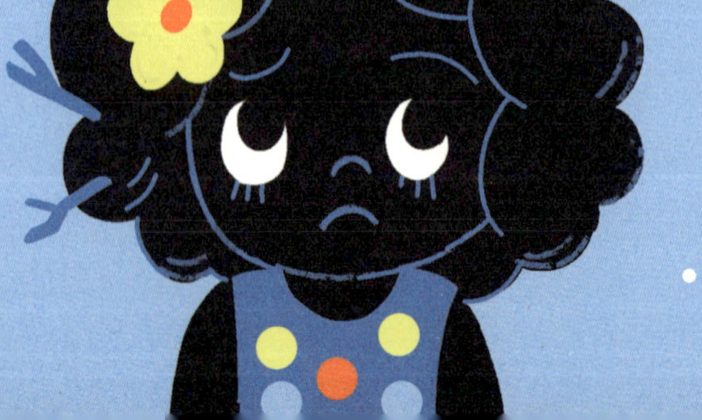

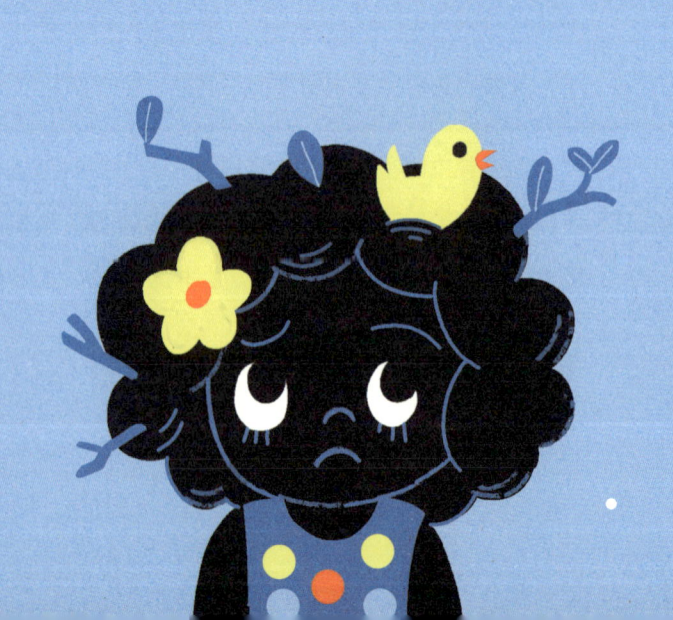

蓄"——这是另一个让发型变得痛苦的原因。我建议你编松松的辫子和粗粗的玉米辫，也不要用没有考虑到我们头发质地的细齿梳。

奇萨兰很早就会留意到——因为儿童很有观察力——主流世界提倡的那种美。她会在杂志、电影和电视上看到。她会看到白皙为美。她会注意到受欢迎的发质是又直又滑的，是那种垂顺的而不是翘起来的头发。无论你喜欢与否，她都会见识到这些。所以你要保证让她看见别的选择。让她知道苗条的白人女性是美丽的，不苗条、不是白皮肤的女人也是美丽的。让她知道有很多个体和文化并不觉得狭隘的主流审美具有吸引力。你最了解自己的孩子，所以你最懂得如何塑造她独有的美丽，如何保护她不要带着不满打量自己的身影。

让她经常接触阿姨辈的人，那些女性身上有你想让她仰慕的品质。告诉她你有多么仰慕她们。孩童会模仿和学习自己的榜样。谈论你仰慕她们什么。举例来说，我自己尤其崇拜非裔美国女性主义者弗洛里恩斯·肯尼迪[1]。我还想让她知道的非洲女性有阿玛·阿塔·阿多[2]、多拉·阿库尼丽[3]、穆托妮·里基玛尼[4]、恩戈兹·奥孔约·伊韦拉[5]、塔伊

---

1 弗洛里恩斯·肯尼迪（Florynce Kennedy, 1916—2000），美国律师，女性主义者，民权运动领袖。

2 阿玛·阿塔·阿多（Ama Ata Aidoo, 1942—2023），加纳作家、诗人、剧作家和学者，曾任加纳教育部长。她在2000年成立了旨在支持非洲女性作家的Mbaasem基金会。

3 多拉·阿库尼丽（Dora Akunyili, 1954—2014），曾担任尼日利亚国家食物与药物管理署主管，主修医药专业，曾为改善公民健康状况和争取人权平等做出杰出贡献。

4 穆托妮·里基玛尼（Muthoni Likimani, 1926—　），肯尼亚社会活动家、作家，曾从事播音员、演员、教师和出版人等多种职业，作为肯尼亚首届选美冠军，她是首个创办公关公司的非洲人，也是肯尼亚第一批女作家之一。

5 恩戈兹·奥孔约·伊韦拉（Ngozi Okonjo Iweala, 1954—　），尼日利亚经济学家，曾两次担任尼日利亚财务部长，还曾于2007—2011年出任世界银行执行主管。

沃·阿贾·莱西特[1]。如此多的非洲女性启迪了女性主义运动，因为她们曾经做过的事也因为她们曾拒绝做的事。

顺便说一下，还有像你祖母那样的人，那位令人印象深刻的、强势的、言语犀利的宝贝。我记得有一次听约瑟芬·阿涅尼尔女士讲话，她坦诚而有力的女性主义思想让我深受启发，这完全超出我的预期。

让奇萨兰身边有很多叔辈的人出现。根据楚迪那些朋友的情况判断，这点更难做到。我还是对上次楚迪生日派对上那个胡子修剪过度的男人耿耿于怀，他不停地说："我付了她聘礼！我付了

1　塔伊沃·阿贾·莱西特（Taiwo Ajai Lycett, 1941—　），尼日利亚女演员、记者、电视主持人，女性主义者。

聘礼的女人居然不能来,还对我胡言乱语!"

所以请你尽力找到为数不多的好男人,少数不会大声呼喝的男人,因为事实上她会在人生中遇到很多大声呼喝的男性。所以在很早期就接触不同的例证对她是有益的。

我没有夸大不同例证的作用。如果她能从自己熟知的不同例证中获得力量,她就可以反驳一成不变的"性别角色"观念。如果她认识的一位叔叔很会烹饪——而且对此事淡然处之——那么她就能微笑着不去理睬某些人宣扬"女性必须做饭"时所表现出的愚蠢。

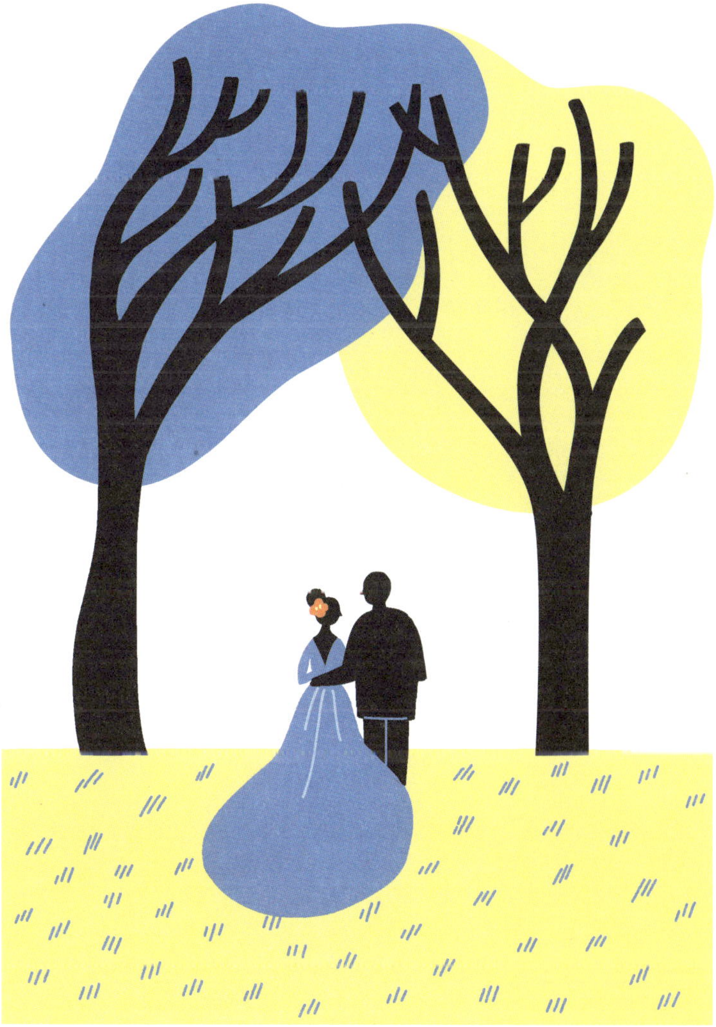

11

教导她在我们的文化选择性地使用生理因素作为社会规范时表示质疑。

建议十一：教导她在我们的文化选择性地伸用生理因素作为社会规范时表示质疑。

我认识一个约鲁巴族[1]女人，她怀着第一个孩子而且正在给孩子想名字。所有的名字都是伊博族的。

既然孩子会有父亲的伊博族姓，为什么不能有个约鲁巴族的名字呢？我问了之后她回答说："孩子首先是属于父亲的。必须这么做。"

---

1 约鲁巴族（Yoruba），西非尼日尔河下游的民族，主要分布在尼日利亚西南部。

我们经常用生物学解释男人拥有的特权，最常见的理由是男人在体能上拥有的优势。男人确实普遍比女人更强壮。但我们对生理因素的使用是选择性的。"孩子首先属于父亲"在尼日利亚是一种普遍的看法。但如果真正要将生物学当作我们社会规范的依据，那孩子应该被认为是属于他们的母亲而不是父亲，因为孩子出生时，在生物学上——而且无可争辩地——唯一可以确定的是母亲的身份。母亲说父亲是谁我们就认为谁是父亲，世界上有多少亲缘关系并非血缘关系呢？

这种观念如此根深蒂固，让很多伊博族女性认为孩子只属于父亲。我认识的有些女性，放弃了糟糕的婚姻却不被"允许"带走她们的孩子，甚至不能看望孩子，因为孩子属于男方。

我们同样利用生物进化论解释男人混乱的性关系,却不用它来为女性的性行为开释,尽管从进化角度来说女性拥有多个性伴侣绝对是合理的——因为基因库越大,为更强盛的种族孕育后代的机会就越大。

所以让奇萨兰懂得生物学是门有趣而迷人的学科,但她永远不该将其当作任何社会规范的依据。因为社会规范是由人类设立的,没有什么社会规范是不能被更改的。

12

和她谈论性,并且早些开始。这或许会有点尴尬,但却是必须的。

建议十二：和她谈论性，并且早些开始。这或许会有点尴尬，但却是必须的。

记得我们三年级时去听的讲座吗？我们本该学习性知识却听了些含糊其辞、近乎恐吓的言论，说"和男孩子们讲话"会导致我们怀孕并蒙羞。在我记忆中，那个大厅和那个讲座让我充满了羞耻感。丑陋的羞耻，那种只因女性身份而存在的特定的羞耻。但愿我的女儿永远不会遭遇这些。

在她面前，不要假装性只是受限制的繁衍行

为,也不是"结婚后才能做"的事,因为这不诚实(你和楚迪在结婚前很久就有了性关系,她或许会在十二岁时知道这事)。告诉她,性可以是一件美妙的事,情感或许会随之而来;告诉她这事要等到成年以后,并告诉她一旦成年,她可以决定性对自己意味着什么。但也要做好准备,她可能不会等到十八岁。如果她等不了,你必须确保她可以把这事告诉你。

这并不意味着你想要养育一个对你毫无保留的女儿,你必须给予她和你沟通的语言。我指的是字面上的意思。她该怎么称呼它?她该使用什么字词?

我记得在我小的时候,人们用"ike"这个词同时指代肛门和阴道,而肛门是两者之中令人不太尴尬的理解。这让一切变得含糊不清，我从来不能迅速想到准确的说法，比如说我的阴道痒时该怎么说。

绝大多数研究儿童成长的专家和儿科医生都认为，最好让孩子用确切的名字称呼性器官——阴道和阴茎。我同意，但这是你要做的决定。你来决定她该使用什么称呼，重要的是必须有一个称呼而且不是带着羞愧色彩的代称。

要确保她不会延续你的羞耻感，你必须从你自己继承的羞耻感中解放出来。我知道这极度困难。全世界的所有文化中，女性的性都与羞耻相关。甚至是那些希望女性性感的文化——比如很多西方国家的文化——仍旧不希望她们有性行为。

我们将女性的性与掌控挂钩是可耻的。很多

文化和宗教用各种方式控制女性的身体。如果控制女性身体的理由来自女性本身，那就可以理解。比方说，女性不该穿短裙的原因是她们会因此得癌症。相反，原因不在女性身上，而在男性。女人必须"遮盖严实"来保护男人。我觉得这极度违背人性，因为它将女性贬损为调剂男性胃口的道具。

说到羞耻，千万不要将性与羞耻联系起来，或者是赤裸与羞耻。永远不要将"贞操"视作关键。每一场关于贞洁的对话都成了关于羞耻的对话。教导她拒绝将羞耻和女性生理特征联系到一起。为什么我们被教育要隐晦地谈论生理期？如果经血不小心弄脏了裙子要觉得极度羞耻？生理期没什么好觉得羞耻的。生理期是平常而自然的，如果没有生理期，人类不会存在。我记得一个男人说生理期就像屎一样。好吧，是神圣的屎，我告诉他，因为如果没有生理期你也不会在这里。

13

恋爱将会发生。

爱不仅是给予也是获得。

建议十三：恋爱将会发生。

写这条建议时我假设她是异性恋——显然，她也可能不是。我会做此假设，是因为我觉得这是我最擅长谈论的情况。

确保你知晓她人生中的恋爱关系，唯一的途径是你很早就教会她沟通此事的方法。我的意思不是要你成为她的"朋友"，我的意思是你应该成为一个她可以与你沟通一切的母亲。

教育她爱不仅是给予也是获得。这很重要，

因为我们会给女孩很多关于人生的暗示——我们教导女孩,在她们爱的能力中自我牺牲占据着很大份额。我们不会这样教导男孩。教导她,去爱意味着要深情付出,但她也应该期待得到真心。

我认为爱是人生中至为重要的事。无论是哪种爱,无论你如何定义它,我觉得概括说来,爱是被另一个人无比珍视以及无比珍视另一个人。但为什么我们只培养世界的一半人口要看重此事?我曾置身于满屋子年轻女性中间,诧异于这么多对话都与男人有关——男人对她们做了什么糟糕的事——这个男人出轨,这个男人撒谎,这个男人承诺结婚但玩失踪,这个丈夫做了这事那事。

悲哀的是,我意识到,情况反过来并不是这样。满屋子男性不会总是把话题引到谈论女人上——即便他们谈论女性，也很可能是油嘴滑舌地对她们品头论足，而不是作为生命中的创痛。为什么？

我觉得，它的源头在人生最初的期许。

在最近我参加的一次婴儿受洗仪式上，宾客被要求写下他们对女婴许的愿望。一位客人写道："我愿她有个好丈夫。"这显然是出于好意，但非常令人烦恼。三个月大的女婴已经被告知一个好丈夫是她应该渴望的东西。如果那是个男婴，就不会有宾客祝愿他"有个好妻子"。

说到因为男人"许诺"结婚但又随即失踪而悲痛万分的女性，当今世界的绝大多数社会中，婚姻基本上都不能由女性提议，这难道不奇怪吗？婚姻是你人生中如此重要的一步，你却不能掌控它，它竟然取决于男人是否向你开口。很多女性处于长期的恋爱关系中并想要结婚，但必须"等待"男人求婚——这种等待常常演变成一场事关婚姻中身价高低的表演，有时是无意识的，有时不是。如果我们在这种情况下使用第一件"女性主义工具"，一个同等重要的女人必须"等待"某人来决定什么是她人生中的重要转变，是完全没有道理的。

一个伪女性主义的信徒曾对我说，我们的社会希望男人来求婚恰恰证明了女性掌握了权力，因为只有女性答应了婚姻才能成立。真相是——真正的权力掌握在先开口的人手里。你能说是或不的前提，是必须有人问你。我真心希望奇萨兰生活的世界里所有人都能向别人求婚，在这个世界里恋爱关系变得如此宜人，如此快乐，是否要走入婚姻不过是一句话的事，恋爱本身就充满快乐。

这里我要谈一谈钱。教导她千万不要说"我的钱是我的钱，他的钱也是我的钱"这类傻话。这很糟糕，也很危险——持有这种观点意味着你有可能会接受其他有害的观点。教导她"施与"不是男人的职责。在一段健康的关系中，谁能够付出，就让谁来付出。

14

在教导她什么是压迫时,
注意不要把受压迫者描述成
圣人。

建议十四：在教导她什么是压迫时，注意不要把受压迫者描述成圣人。圣人般的品德并不是尊严的先决条件。不友善与不诚实的人依旧是人，依旧有权保留尊严。举例来说，尼日利亚农村女性的房产权是女性主义运动的重要议题，女性不需要成为天使般的好人才能被允许拥有房产权。

有时，在与性别相关的论述中，认为女性应该比男性"更讲"道德。不是这样的，女性是和男性一样的人类，女神和女恶魔一样寻常。

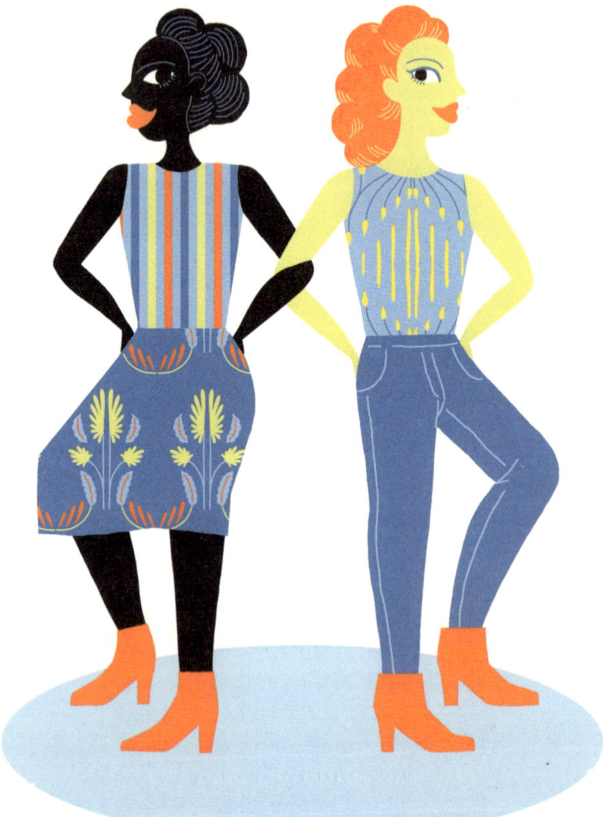

这个世界上也有很多不喜欢其他女性的女人。有厌女症的女性确实存在，拒绝承认这一点会为反对女性主义的人抹黑女性主义提供不必要的机会。我的意思是说，有些反对女性主义的人会喜滋滋地将说出"我不是女性主义者"这种话的女性当作例证，好像生来就有阴道的人这样表态就自动让女性主义者丢脸了。女性表示自己不是女性主义者并不能抹杀女性主义的必要性。如果我们要在此类情况中发现些什么，那就是父权制度得逞的影响力。同时，它让我们知道，不是所有女性都是女性主义者，不是所有男性都有厌女症。

15

教导她什么是差异。

让差异成为寻常的事,让差异成为常态。

建议十五：教导她什么是差异。让差异成为寻常的事，让差异成为常态。教导她不要将差异与重要性相连。这样做的原因不是为了公平或者友善，仅仅是为了符合人性以及事实。通过教育她理解差异，你将教会她如何在差异化的世界里生存。

她必须知道并理解在这个世界上人们会采取不同的方式，只要这些方式不会伤害他人，那就是可行的方式，这点她必须尊重。教育她我们不知道——也无法知道——生活中的一切。宗教与科学都为我们无法知晓的事物保留了余地,能与之相安无事已经足够。

教育她永远不要四处套用自己的标准和经验。让她学会她的标准只适用于她一人,并不适用于其他人。这是谦逊唯一需要的表现形式:对差异是常态的认知。

告诉她有些人是同性恋,有些不是。有些孩子有两个爸爸或两个妈妈,因为有人就是这样。告诉她有人去清真寺,有人去教堂,有人去其他宗教场所做礼拜,还有人根本不做礼拜,因为这就是有些人的生活方式。

你对她说,你喜欢棕榈油但有些人不喜欢棕榈油。

她对你说，为什么呢？

你对她说，我不知道。世界就是这样的。

请注意我不是建议你将她培养成"不加评判"的人，这是个现今常用的说法，这令我有点担忧。这个说法隐含的本意是好的，但"不加评判"的意思很容易退化成"对一切毫无观点"。所以，我对奇萨兰有不同的期望：她会拥有很多观点，而且她的观点将来自见多识广、仁慈善良、心胸广阔的灵魂。

愿她健康快乐。愿她的人生是她想要的样子。

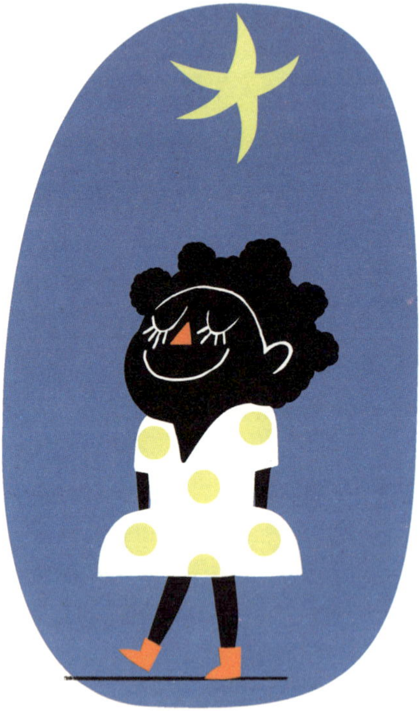

读完这些你是不是头都痛了?抱歉。下次别问我怎么把女儿培养成女性主义者了。

爱你的,

奇玛曼达

图书在版编目（CIP）数据

亲爱的安吉维拉：或一份包含15条建议的女性主义宣言／（尼日利）奇玛曼达·恩戈兹·阿迪契著；陶立夏译.—南京：译林出版社，2024.3
（阿迪契作品）
书名原文：Dear Ijeawele
ISBN 978-7-5447-9928-7

Ⅰ.①亲… Ⅱ.①奇…②陶… Ⅲ.①书信集－尼日利亚－现代 Ⅳ.①I437.65

中国国家版本馆CIP数据核字（2023）第193737号

Dear Ijeawele by Chimamanda Ngozi Adichie
Copyright © 2021, Chimamanda Ngozi Adichie
Simplified Chinese edition copyright © 2024 by Yilin Press, Ltd
All rights reserved.
著作权合同登记号　图字：10-2022-96号

亲爱的安吉维拉：或一份包含15条建议的女性主义宣言
[尼日利亚] 奇玛曼达·恩戈兹·阿迪契　／著　陶立夏／译

责任编辑	宗育忍
装帧设计	任凌云
校　　对	施雨嘉　孙玉兰
责任印制	闻媛媛

出版发行	译林出版社
地　　址	南京市湖南路1号A楼
邮　　箱	yilin@yilin.com
网　　址	www.yilin.com
市场热线	025-86633278
排　　版	南京展望文化发展有限公司
印　　刷	南京新世纪联盟印务有限公司
开　　本	787毫米 ×1092毫米 1/32
印　　张	3.375
插　　页	4
版　　次	2024年3月第1版
印　　次	2024年3月第1次印刷
书　　号	ISBN 978-7-5447-9928-7
定　　价	49.00元

版权所有·侵权必究

译林版图书若有印装错误可向出版社调换。质量热线：025-83658316